Der Fremde, der uns sehen lehrte

Eine Erzählung aus alter Zeit
von Ruth Wollenscheidt
mit Zeichnungen von Harald Trosch

Eschbach

Fern ist das Land und fern die Zeit, in der Prinz Perjadih aufwuchs. Er sollte später einmal den Thron seines Vaters besteigen. So wurde er von Kindheit an in diese Richtung angeleitet. Mit den Gelehrten saß er über alten Handschriften und vertiefte sich in die Weisheit seiner Vorfahren.

Zum Jüngling herangewachsen, schien es geboten, ihn zur weiteren Entwicklung sich selbst zu überlassen. Altem Brauchtum gemäß mußte Prinz Perjadih im Gewand der Armut unter seinem Volk leben. Unerkannt sollte er dienen und nie das Ziel aus den Augen verlieren, alle Prüfungen demütig auf sich zu nehmen und dem *Einzelnen* so zu dienen, wie er künftig als Herrscher dem *Volk* zu dienen verpflichtet sein würde.

So verließ der Prinz eines Tages bei Sonnenaufgang den Palast seines Vaters, legte Rang und Namen ab, um ungewissem Schicksal entgegenzugehen. Er durfte die Zeit nicht einteilen, den Raum nicht abstecken, den seine Füße durchmaßen, sein Geschick nicht durch eigenen Willen bestimmen. Ob er allein oder mit anderen wanderte, immer wußte sich Prinz Perjadih den erhabenen Gesetzen von Sonne, Mond und Sternen unterworfen. Seine Füße trugen ihn über weites Land. Den Hunger zu stillen, verrichtete er ungewohnte Arbeiten. Entbehrungsreiche Zeiten – für die Armen eine Alltäglichkeit – waren für ihn eine neue Erfahrung.

 Perjadih hatte Städte und Dörfer durchwandert und war in eine sonnenheiße Gegend gelangt, die einst von einem Fluß durchzogen wurde. Zum Rinnsal geworden, gab er der Gegend den Anschein großer Einöde. Sand, Sand, Sand so weit das Auge sah. Da wurde Perjadih von einem Mann angerufen, der am Boden saß und selbst wie Sand aussah.

„Wanderer ohne Ziel! Verweile und teile meine Einsamkeit!"

„Was tust du in dieser verlassenen Gegend?" fragte Perjadih.

„Du scheinst mir recht ein Neuling zu sein. Gold grabe ich."

„Gold gräbst du? Ist dir das Gold so viel wert?"

„Sonderbar sprichst du, Fremder. Du trägst das Gewand der Armen und bist auf Almosen angewiesen und kennst den Wert des Goldes nicht? Aber sag, willst du bleiben?"

„Wenn dir an mir gelegen ist, will ich bleiben. – Wäre es für dich nicht vorteilhafter, in der Stadt zu arbeiten, als hier in der Glut zu sitzen und nichts zu tun?"

„*Nichts tun* nennst du meine Arbeit? Meine Hände haben den Sand des Flußlaufs durchwühlt. Sieh die Berge um mich her! Und das nennst du *nichts tun*?"

„Hättest du Steine getragen, wäre ein Haus entstanden, das nicht die Winde verwehen, wie dies bei deinen Sandbergen der Fall sein wird."

„Ich habe einmal in der Stadt gearbeitet – jetzt grabe ich Gold."

Er hatte seine Maulwurfsarbeit unterbrochen und schaute mißtrauisch zu Perjadih auf. „Warum willst du hierbleiben?" fragte er plötzlich.

„Weil du mich deswegen angesprochen und mich darum gebeten hast."

„Also bleibe, wenn du kein Ziel hast, und arbeite wie ich. Wie heißt du?"

„Nenne mich, wie du willst."

„Wenn du mir deinen Namen nicht sagen willst, werde ich dich Tongo nennen. Am Abend gehen wir in mein Zelt, das weit abseits steht. Dort gibt es Bäume mit Früchten und Schatten. Hartes Brot und getrocknetes Fleisch hab ich auch."

Tongo fand die Arbeitsweise des Goldgräbers unbrauchbar, aber er sagte es ihm nicht. Die Sonne ging auf, die Sonne ging

3

unter, sie blieben zusammen, ließen den Sand durch ihre Hände
rieseln und schwiegen. Die Hitze trocknete den Gaumen aus,
das Sprechen verbot sich von selbst. Auch am Abend, wenn sie
im Zelt ruhten, kam es nur selten zu einem Gespräch. Der
Goldgräber war an Einsamkeit und Schweigen gewöhnt.

Als Tongo sein erstes Goldkörnchen gefunden hatte und der
Goldgräber – gierig den Wert abschätzend – ihn dazu beglück-
wünschte, schenkte er es ihm kurzentschlossen.

„Wieso gräbst du nach Gold, um es dann zu verschenken?"

„Du gräbst um des Goldes willen, ich grabe um deinetwil-
len."

Mit einem schrägen Blick auf Tongo steckte er den Fund ein.
„Du sprichst in wohlgesetzten Worten, Tongo, aber ich verstehe
dich nicht."

„Noch nicht. Du wirst mich aber verstehen lernen. So lange
bleibe ich bei dir."

Durch das Geschenk hatte Tongo das Vertrauen des
Goldgräbers gewonnen, der sich allmählich dessen sorgsamer
Arbeitsweise bediente.

Es geschah in einer Vollmondnacht, daß der Goldgräber sein Schweigen brach.

„Wie ich schon sagte", begann er, „hatte ich Arbeit in der Stadt. Steine hatte ich zugerichtet, aber nicht in der geforderten Form. Da haben sie mir den Verdienst genommen, und ich bin aus der Stadt gegangen. Jetzt habe ich keinen Herrn mehr über mir."

„Du sagst, du hast keinen Herrn über dir? Ist nicht das Gold dein Herr? Zwingt es dich nicht, den Flußsand umzugraben, ihn alle Tage handvollweise zu durchwühlen? Mußt du nicht ausharren in der Sonnenhitze mit der schmerzenden Krümmung deines Rückens? Schau die großen Hügel an, die du mit deinen Händen geschaffen hast. Was haben sie dir gebracht? Nun sind wir zu zweit und die Hügel wurden nicht größer. Im Gegenteil, sie wurden kleiner. Du warst, als du mich riefst, so der Gier nach Gold verfallen, daß du zu rasch den Sand durch die Finger gleiten ließest. Als ich dein Gehilfe wurde, gingen wir sorgsamer vor und haben eine ansehnliche Menge Goldkörner gefunden. Nenne mir die Monde, die du schon im Sand zugebracht hast, nenne mir den Lohn, den du bei anderer Arbeit in der Stadt gehabt hättest, nenne mir die Annehmlichkeiten des Lebens, auf die du hier hast verzichten müssen. Und du glaubst, glücklich zu sein, weil du Goldkörnchen gefunden hast? Du hast etwas Besseres gefunden: Geduld und Ausdauer. Jetzt wirst du ein brauchbarer Arbeiter sein. Dein Lohn wird größer sein als der, den der Sand dir gibt."

„Tongo, ich hielt dich für einen Geringen, weil du das Gewand der Armen trägst und den Wert des Goldes nicht kennst. Groß war mein Irrtum. Du bist nicht geringer, sondern größer als ich. Ich weiß nicht um dein Ziel, aber ich erkenne, daß es ein Höheres ist als die Gier nach Reichtum. Ich habe durch dich eine Wandlung erfahren. Nimm als Dank dieses

Goldstück, mein schönstes! Nie warst du mein Gehilfe, du warst mein Herr."

Nach diesen Worten verbeugte sich der Goldgräber ehrerbietig. Als Namenloser hatte Perjadih einem Namenlosen gedient, und dieser hatte seine Führung angenommen. Die Aufgabe, die Perjadih gestellt worden war, war gelöst. Die Zeit des Abschieds war gekommen. Ihre Wege trennten sich.

 Perjadih hatte die öde Gegend verlassen und sich unbekannten Orten zugewendet. Er sah die Sonne aufgehen, und er sah sie sinken. Er sah sie Schatten werfen, und er sah die Schatten wandern. Zeit war für ihn ohne Dauer. Er wußte, daß neues Schicksal auf ihn wartete. Zu fragen wann und wo, war ihm nicht gegeben.

Auf seiner Wanderung hatte er sich einer Stadt genähert. Als er die ersten Häuser erreichte, war es fast Abend geworden. Er hielt in Unkenntnis des Weges inne. Ein Ruf erreichte ihn aus einem der niederen Häuser. Er erblickte einen Alten, der auf der Türschwelle saß.

„Jugend will immer geradeaus und hoch hinauf. Bücke dich, Sohn deines Vaters, nimm von deiner Zeit einen Teil und betritt mein Haus! Ich kann Hilfe brauchen."

Perjadih ging auf den Alten zu und verbeugte sich vor ihm. „Ich grüße dich auf der Schwelle deines Hauses."

„Du machst mir Laune", grunzte der Alte. „Verneigst du dich vor allen, die dich ansprechen? Dieses Mal freilich tatest du recht, denn ich bin ein großer Handelsmann und besitze Lasttiere."

„Das wußte ich nicht. Wie habe ich dich anzureden?"

„Kroro, magst du sagen. Ich möchte wissen, wie dein Vater dich nennt!" Bei dieser Frage musterte der Alte neugierig den

Jungen, der das Gewand der Armut trug und doch kein Bettler zu sein schien.

„Nenne mich, wie du willst. Ich werde dir zu Diensten stehen."

„So wirst du Tongo sein. Komm und hilf mir, Tongo! Dann fällt mir das Aufstehen leichter."

Tongo geleitete ihn ins Innere des Hauses. Er war erstaunt, drinnen einen Reichtum vorzufinden, den er nicht vermutet hatte.

„Du wunderst dich über die Pracht", stellte der Handelsmann stolz fest. „Warte ein wenig und du wirst schmecken, daß wir nicht weniger gut zu essen haben."

Mit diesen Worten holte er aus verschlossenen Behältern Brot mit feiner Kruste, gebratenes Fleisch, edles Obst und ein Getränk von guter Würze. Sie aßen schweigend, ein jeder den eigenen Gedanken nachgehend.

Später erzählte Kroro, daß er in der Dunkelheit gestürzt sei, deswegen sei er schlecht zu Fuß. Er habe seine Tragtiere an andere Händler vermietet, bis sein Fuß wieder geheilt sei.

„Als du vorübergingst, Tongo, fiel dein Schatten auf meine Schwelle. Ich fragte mich: Warum soll nur dein Schatten bei mir weilen? Rufe den Schattenwerfer und hole ihn in dein Haus. So ist es gekommen, daß du bei mir bist. Wenn der dritte Tag zu den vorigen gegangen sein wird, werden meine Tiere zurückkommen. Ich werde trotz der Schmerzen wieder reisen und handeln. Aber du kannst mir alle schwere Arbeit abnehmen und die Lasten tragen. Du sollst teilhaben an meinem Gewinn, denn ich bin dir zugetan."

Kroro hieß den Gast sich eine Lagerstätte bereiten und beide legten sich zur Ruhe.

Am frühen Morgen erwachte Tongo davon, daß er sich nicht mehr allein wußte. Er schlug die Augen auf und sah Kroro über sich gebeugt. „Haben dich meine Gedanken geweckt? Dann ist es recht. Du bist ein feines Gefäß, das leicht in Schwingung gerät. Ich möchte wohl wissen, wer du bist.“

Aber er fragte nicht weiter, hieß Tongo aufstehen und essen. Dann zeigte er ihm die Lagerräume, wo Waren gestapelt waren: Ballen aus Flechtgras, Bündel mit Sisalhanf und verschiedenfarbigem Bast. Gefertigte Matten aller Art lagen umher. Nach Kroros Anweisung sortierte Tongo die Waren und schichtete sie zur leichteren Übersicht auf. Es war ein großes Lager. Dreimal neigte sich die Sonne, ehe Tongo mit der Arbeit fertig war.

Die Lasttiere wurden zurückgebracht. Kroro wies Tongo an, wie die Tiere zu beladen seien, dann zogen sie in die Ferne.

Tongo lernte die vielfachen Arten des Handelns. Wie es in diesem Lande Brauch war, dauerten Kauf und Verkauf eine gute Weile. Vorsichtig bewegten sich Käufer und Verkäufer von allgemeinem Reden zum eigentlichen Mittelpunkt. Zuvor hatten sie die Schwächen des anderen herausgefunden, um für sich

selbst Vorteil daraus zu ziehen. Immer neue Taktiken wandte Kroro an, so daß Tongo viel von ihm lernte. Der gewiegte Händler fand Zugang zu allen Schichten des Volkes.

Bald verstand auch Tongo die schwierige Kunst des Verhandelns. Er begriff, wie weise es war, ihn im schlichten Gewande unter das Volk zu schicken.

Kroro, der ihn zuerst als „Sohn seines Vaters" angesprochen hatte, nannte ihn nun den „Gefährten seiner alten Tage". Kroro war klug, er sah, daß Tongo seinem Handel Vorteil gebracht hatte. Männer wie Frauen fanden Gefallen an seiner Gestalt und dem Leuchten seiner Augen.

Kroro lag mitunter wach, wenn der Schlaf Tongo längst umfangen hatte. Dann dachte er über den Jüngling nach, der ihm zu Diensten stand und nichts zu sein vorgab. Nicht einmal seines Vaters Namen durfte er tragen. Immer wieder hatte er die Frage zurückgedrängt.

Die Sternbilder hatten gewechselt, als Kroro sich entschloß, wieder nach Hause zu ziehen. So kehrte Tongo zum zweiten Mal in Kroros Haus ein, wo er das Flechten von Matten lernte.

Hatten sie während der Fahrten nur das Notwendige gesprochen, so ergab sich bei der gemeinsamen Arbeit das Gespräch wie von selbst. Feinsinnig führte Tongo das Gespräch auf eine andere Ebene, und Kroro wunderte sich, wohin sie mit ihren Reden gelangt waren. „Ich möchte wissen, wie das zugeht. Wir sprachen von verschiedenen Gräsern, die wir kunstvoll zu Matten verarbeiten. Jetzt sind wir dabei, die Kräfte zu erkennen, durch die ein Halm wächst. Wenn ich sage, daß der Morgen frisch ist, sind wir unversehens bei der Luft angelangt, die wir atmen. Schöpfe ich Wasser aus dem Quell, fragst du mich, woher es kommt. Ich antworte: aus der Erde. Du aber weist gen Himmel und sprichst von der ewigen Wiederkehr, für die uns das Wasser ein Sinnbild ist. So könnte ich dir viele Beispiele nennen. Du kommst als Fremdling ohne Namen in mein Haus. Du arbeitest mit deinen Händen und erlernst mit der Geschicklichkeit deiner Finger mehr Kunstfertigkeit in so kurzer Zeit als ich in meinem langen Leben. Ich weiß, daß hinter deiner Stirn sich große Gedanken bewegen. Willst du mir, Gefährte meiner alten Tage, nicht offenbaren, was du denkst?"

„Kroro, du nennst mich den Gefährten deiner alten Tage und tust recht daran, denn wir sind mondelang miteinander unterwegs gewesen. Viel Wissen ist durch dich zu mir gekommen. Aber bis heute verschweigst du mir, warum du zu Fall gekommen bist." Tongo hatte seine Augen auf den Alten gerichtet und bemerkt, daß seine Worte ihn tief getroffen hatten.

„Ich stolperte im Nebenraum des Lagers, weil es dunkel war und ich kein Licht bei mir trug."

„Kroro, bist du schon einmal vorher in deinem Hause gestolpert, weil es dunkel war? Was glaubst du, was dich stolpern ließ? Warst du nicht unsicher, als du im Nebenraum in die wertvollen Grasbündel Gräser von geringerer Güte einschmuggeln wolltest und dies auch tatest? Dein Gewissen war es, das dich den falschen Tritt tun ließ."

Kroro erbleichte. Tongo machte eine Pause. Dann erklärte er: „Du ließest mich die Ballen und Bündel in den Lagerräumen umschichten. Einige Packen waren im Gewicht leichter als die anderen. Ich erforschte den Grund. Es schmerzt mich, von deinem Betrug erfahren zu haben."

Tongo legte eine Pause ein. Bittend klang seine Stimme, als er fortfuhr: „Kroro, laß nicht mehr Betrug in deinem Hause wohnen! Richte dein Leben so ein, daß es im Lichte bestehen kann, und es wird dir wohlgehen. Sieh, dein Handel hat zugenommen, seit ich dein Begleiter bin und du dich vor mir schämtest, unlautere Dinge zu tun. Dein Handel wird noch vorteilhafter werden, wenn du in allem bei der Wahrheit bleibst."

Kroro schwieg und dachte nach. Tongo sprach die Wahrheit. Was sollte er sagen, da er durchschaut war? Nach langem Sinnen rief er wie erlöst aus: „Tongo, du kehrst mein innerstes Wesen um. Vor dir kann kein Dunkel bestehen. Als ich dich zuerst sah, rief ich dich als Schattenwerfer an. Du bist aber als Lichtwerfer in mein Haus getreten. Du bist mein Tongo-Gehilfe nicht mehr, du bist es nie gewesen. Du bist der Herr!"

Ein Handschlag besiegelte ihre vom Schicksal gefügte Begegnung. Der Abschied war gegeben.

 Perjadih wurde wieder zum Wanderer ferner Wege. Die Gestirne hatten gewechselt während seiner langen Pilgerzeit, aber niemand hatte um seine Hilfe gebeten.

Fremd war ihm die Stadt, die er erreichte. Vom Menschenstrom hatte er sich auf den Markt treiben lassen, der ein bewegtes Bild bot. Bei der Suche nach dem Menschen, dem er Bruder sein sollte, fiel ihm ein Bettler auf, der an der Kreuzung zweier Straßen auf dem Boden saß. In sich gekrümmt und den Kopf eingezogen, streckte er die mageren Arme zum Almosenempfang halb in die Höhe.

Mit innerer Sicherheit wußte Perjadih, daß es dieser Bettler war, dem er dienen sollte. Er blieb stehen und beobachtete ihn. Nur Weniges wurde in langen Zeitabständen in die Schale seiner Hände geworfen.

Perjadih legte ihm das Goldstück, das ihm einst der Goldgräber geschenkt hatte, in seine Hand. Um den Geber zu erspähen, versuchte der Bettler sich aufzurichten und den Kopf zu heben. In diesem Moment erhob sich eine laute Auseinandersetzung zwischen Händlern und Jugendlichen, die die feilgebotenen Waren so beschmutzt hatten, daß an Verkauf nicht zu denken war. Die Flüchtenden und ihre Verfolger stießen die Umstehenden um und jagten weiter. Im Getümmel wurde der am Boden sitzende Bettler gegen die scharfkantige Mauer gestoßen. Sein Kopf blutete aus einer Wunde. Auch Perjadih wurde mitgerissen und verlor den Bettler, der sich zu retten versuchte, aus den Augen. Aber eine innere Stimme drängte ihn, den Verletzten zu finden.

Perjadih schritt durch die Gassen des Armenviertels. Er suchte den Bettler ohne Anhaltspunkt. Er hatte weder dessen Gesicht gesehen, noch seine Stimme gehört. In den engen Gassen schienen Schmutz, Verwahrlosung und niederes Denken beisammenzuwohnen. Hinter geschlossenen Türen waren wüste Worte zu hören. Dunkelheit lag um die armseligen Häuser, unangenehme Gerüche erfüllten die Luft, die zwischen den Mauern stillzustehen schien.

Aus einer der Hütten erklang lautes Stöhnen. Perjadih blieb stehen und lauschte dem Klang nach. Er drückte die Tür auf. Ein schwaches Lämpchen zeigte das Lager, auf dem sich der Stöhnende wälzte.

„Folgt ihr mir bis in mein Haus?" schrie der Kranke voller Entsetzen. „Habt ihr mich nicht schon genug am Fell gezaust? Wer bin ich, daß ihr mir noch das Betteln mißgönnt? Prügelt mich doch zu Tode, dann seid ihr mich los!"

Perjadih näherte sich dem Kranken, dessen Leib sich hin– und herwarf, und nahm seine Hand. „Friede sei mit dir!" sagte Perjadih feierlich. Augenblicklich kam Ruhe über den geplagten Menschen.

„Du gehörst nicht zu den Raufbrüdern, die mein Leben vernichten wollten? Was willst du hier? Wieso kamst du her?"

„Ich bin gekommen, dir zu helfen. Du fragst, wieso ich gekommen bin. Du selbst hast mich gerufen. Du schicktest mir dein Stöhnen."

„Ich habe dich nicht gerufen, ich schrie nur meine Qual hinaus."

„Glaubst du, daß es etwas gibt, was keine Wirkung hätte? Alles hat eine Wirkung, obwohl wir es anfangs nicht erkennen. Dein Schmerzensschrei traf mein Ohr und drang in mein Herz. So kam ich zu dir und bringe dir Frieden."

„Was nützen mir deine schönen Worte?" krächzte der Kranke feindselig.

„Du liegst jetzt ruhig da, als wäre die Last der Krankheit von dir genommen. Ich habe dich gegrüßt mit ‚Friede sei mit dir'. Das ist die Macht, die im *Wort liegt*. Willst du aber Taten sehen, so will ich hierbleiben, dein Leben mit dir teilen und dein Bruder sein."

„Du willst mein Bruder sein?" spottete der Bettler. „Ich weiß nicht einmal, wie du heißt."

„Nenne mich, wie du willst."

„Dann werde ich dich Tongo nennen. Hochmütig und demütig zugleich scheinst du zu sein. Stelle dich ins Licht, damit ich sehen kann, wer in meine Hütte gekommen ist."

„Im schwachen Schein des Lämpchens wird das nicht möglich sein, erst die große Sonne wird es möglich machen."

„Vor der Sonne fliehe ich. Ich muß sie meiden, denn sie macht meine Ungestalt offenbar. Niemand würde meiner Bettlerhand auch nur die geringste Münze geben, sähe man mein häßliches Gesicht und meine verkrüppelte Gestalt. Jetzt bin ich noch schlimmer dran als zuvor. Sie haben meinen Kopf zerschlagen. Ich werde tagelang mein Lager nicht verlassen können und verhungern wie ein wundes Tier."

„Ich werde so lange bei dir bleiben, bis du wieder gesund bist, Bruder. Jetzt aber sag mir, wie *du* heißt."

„Man ruft mich ‚Gift'."

„Dieser Name ist eines Menschen unwürdig."

„Ich trage diesen Namen zu Recht, denn ich könnte alle Menschen vergiften."

„Ich habe noch nie gehört, daß ein Mensch so heißt."

„Bin ich denn noch ein Mensch? Ich bin ausgestoßen. Ich sehe die große Sonne nicht mehr, Dunkelheit ist in der Hütte."

„Die Dunkelheit in dir hast du vergessen zu erwähnen. Der Haß ist es, der dich keine Ruhe finden läßt. Aber es soll heller in dir werden, und so lange will ich bei dir bleiben."

Tongo hatte die Wunde besehen, sie gewaschen und verbunden.

„Wenn du mein Bruder sein willst, dann mußt du morgen Abend für mich betteln gehen. Du mußt genauso sitzen und die Hände halten wie ich. Viel werden sie auch dir nicht geben, aber wir müssen davon leben." Klagend fuhr er fort: „Jetzt muß ich mit dem Almosen auch dich noch ernähren" und griff jammernd nach seinem Kopf. Tongo nahm die Hand des Kranken, der daraufhin ruhig wurde und einschlief. Dann machte er sich auf den Lumpen ein Lager zurecht.

Nachts wachte Tongo durch ein Geräusch auf. Gift hatte sich unruhig bewegt, seine Hände schienen etwas zu suchen. Als er es unter der Bettdecke gefunden hatte, kündeten Atemzüge an, daß er wieder eingeschlafen war.

Mit Sonnenaufgang stand Tongo auf, während Gift weiterschlief, wie es seine Gewohnheit war. Tongo fand, daß das Fenster absichtlich zugestellt war. Er änderte es nicht. Er kehrte den Schmutz zusammen und trug ihn hinaus. Er fand etwas zu essen, teilte brüderlich und brachte einen Teil ans Krankenlager. Nachdem er selbst gegessen hatte, ging er in die Stadt und beobachtete die Menschen in ihrem Tun und den Handel auf dem Markt. Erst um den Nachmittag kehrte er zum Bettler zurück.

„Ich habe nicht geglaubt, daß du wiederkommen würdest", empfing Gift ihn. „Willst du mich wirklich nicht umkommen

lassen? Dann mußt du abends betteln gehen und vom Almosen
Essen und Öl kaufen. Ich habe nichts mehr, gar nichts mehr."
Mißtrauisch fragte er: „Wirst du mir auch wirklich Essen brin-
gen? Wirst du mir auch nichts unterschlagen?"

„Ich werde dir alles bringen, was ich einnehme und was ich
kaufe", versprach Tongo. „Ich bin doch dein Bruder."

Am Abend saß Tongo an Stelle von Gift an dessen Platz und
bettelte. Wie jener streckte er die Arme empor und hielt die
Hände halb geöffnet. Er hatte nicht gewußt, daß diese Haltung
so anstrengend war. Worte wie „Nichtsnutz", „Müßiggänger",
„Hundesohn" trafen sein Ohr, nicht selten auch ein Tritt. Er
ertrug mit Gelassenheit des Bettlers Los. Freiwillig war Tongo
an die Stelle eines seiner geringsten Brüder getreten. Wie Gift
hielt er den Kopf gebeugt und lauschte in sich hinein. Nicht den
leisesten Gedanken der Rache oder den geringsten Schatten des
Mißmutes durfte er in sich aufkommen lassen. Nachts kehrte er
zu Gift zurück.

„Bist du doch noch gekommen? Ich habe es nicht mehr

geglaubt!" rief er ihm aus der dunklen Ecke entgegen. Er hatte sich mühsam aufgerichtet und schaute ihn erwartungsvoll an. „Zeig her, was du mitgebracht hast!"

Tongo breitete das Tuch aus und legte den Eßvorrat vor ihn hin. Neugierig fragte er: „Wieviel hast du eingenommen?" Dabei überschlug er insgeheim schnell den Wert der mitgebrachten Waren. Tongo nannte die Summe und Gift zeigte sich zufrieden.

Tongo hatte sich Gifts Wunde sorgsam angenommen, und der Kranke war auf dem Wege der Besserung.

Der Mond hatte seine Gestalt gewechselt. Tongo saß auch weiterhin bettelnd an Gifts Platz. Gifts Mißtrauen war noch nicht verschwunden. „Hast du auch nichts für dich allein behalten?" fragte er einmal bei seiner Rückkehr, als Tongo nur wenig zu essen mitgebracht hatte.

„Warum nur so wenig? Was hast du dort noch?" Gift schaute neugierig auf ein Bündel, das Tongo neben sich gelegt hatte. „Gib her, laß mich sehen!" Da erlosch das Lämpchen.

„Nun kannst du es heute nicht mehr sehen", sagte Tongo und legte sich zum Schlafen nieder.

Beim Erwachen am anderen Morgen quälte Gift schon die Neugier. „Laß sehen, was du mitgebracht hast, Bruder."

„Schönes Gras", entgegnete Tongo. „Sieh nur die leuchtenden Farben!"

„Nichts sehe ich", schrie Gift erbost. „Wie soll ich in der Dunkelheit Farben erkennen können? Mach doch das Fenster auf!"

Tongo räumte weg, was Gift davorgestellt hatte, öffnete es und ließ goldenes Sonnenlicht einströmen.

„Schönes Gras, schöne Farben, wirklich!" rief Gift aus. „Aber wozu hast du das gekauft?"

„Ich habe den Markt beobachtet. Ich sah die Mattenverkäufer

und stellte fest, daß sich der Verkauf lohnte. Aber ihre Matten waren nicht so schön wie die, die ich flechten werde. Als ich Abende lang bettelte, habe ich bemerkt, daß du viel Kraft haben mußt, um die Arme stundenlang in der gleichen Haltung emporzuheben. Hast du aber Kraft in den Armen, dann benutze sie nicht zum Betteln, sondern zu nutzbringender Arbeit! Ich werde dir das Flechten von Matten beibringen."

„Ich kann nicht, ich bin krank", sagte Gift unwillig.

„Das ist schade, Bruder", entgegnete Tongo nur.

An diesem Morgen ging er nicht auf den Markt. Er setzte sich in eine Ecke des Raumes und begann, eine Matte zu flechten. Gift lag auf seinem Lager und hörte das gleichmäßige Geräusch des Flechtens. Am Mittag quälte ihn wieder die Neugier. „Wie lange willst du noch arbeiten, Bruder?"

„Bis du gesund bist und meine Arbeit tun kannst."

Am Abend verpackte Tongo seine Arbeit sorgfältig und verbarg sie unter seinem Lager. „Ich muß betteln gehen", sagte er. Wieder mußte er Schmähungen und handgreifliche Belästigungen ertragen, aber sie riefen in ihm keinen Haß hervor.

Wie stets wurde Tongo bei seiner Heimkehr von Gift mit den Worten empfangen: „Hast du schon wieder so wenig Essen mitgebracht? Hast du mir auch nichts unterschlagen?"

„Hier ist das Essen. Ja, es ist sogar noch weniger als gestern. Dafür habe ich mehr Fasern mitgebracht."

„Wieder Fasern", sagte Gift böse. „Flechtfasern interessieren mich nicht."

„O doch! Es interessiert dich sogar sehr. Sonst hättest du nicht das Lager verlassen. Jetzt teilen wir das Essen und morgen die Arbeit."

Gift gab sich innerlich geschlagen und beschloß, Tongos Rat zu folgen. Am anderen Morgen zeigte er sich geschickt und ausdauernd, aber er trug den Kopf noch verbunden, und Tongo mußte des Abends wieder betteln gehen.

„Heute werde ich noch weniger Essen kaufen können, denn ich werde für uns beide Flechtgras mitbringen. Satt wurden wir schon lange nicht mehr, nun werden wir uns ans Hungern gewöhnen müssen." Er legte eine Pause ein und sah Gift an. „Oder würdest du das Goldstück herausgeben, das du vor mir verborgen hälst?"

„Woher willst du wissen, daß ich Gold vor dir verborgen halte?" fragte Gift überrascht.

„Fragtest du nicht alle Nächte bei meiner Rückkehr, ob ich dir etwas unterschlagen habe? So fragt nur jemand, der es selbst tut. Also überlege es dir. Behälst du das Gold für dich, dann bleibt es wertloses Metall. Tauschen wir es dagegen in Nahrung und Fasern um, dann bewirkt es für uns beide Gesundheit und Arbeit."

Gift ging langsam zu seinem Lager, holte den wertvollen Besitz hervor und legte ihn feierlich in Tongos Hand. „Ich gebe dir viel, Bruder", sagte er.

„In der Tat, du gibst mir viel. Nicht das Gold meine ich, sondern dein Vertrauen. Und dafür danke ich dir!"

Es kam der letzte Abend, an dem Tongo saß und bettelte. Er hob die Arme zum Empfang der Almosen. Aber er hob sie auch zum Himmel empor und brachte in der Schale seiner Hände Dank.

Den folgenden Tag arbeiteten Tongo und Gift miteinander, sie aßen, wenn sie Hunger hatten, und schliefen des Nachts.

Gifts Kopfwunde war gut verheilt, und Tongo konnte den Verband abnehmen. Am Abend sagte Tongo: „Nun bist du wieder gesund, Bruder, heute mußt du wieder betteln gehen."

„Ich muß betteln gehen?" fragte Gift erschrocken. „Ich will es nicht!"

„Wer arbeitet, braucht nicht zu betteln", erwiderte Tongo. „So laß uns beide arbeiten, damit die Matten bald zum Verkauf fertig sind."

Der Vorrat an Nahrung und Fasern reichte für mehrere Tage. Dann waren die Matten fertig. Tongo hatte zwei und Gift eine geflochten. Sie waren zu Tongos Zufriedenheit ausgefallen.

„Willst du zum Markt mitkommen?" fragte Tongo.

„O nein, ich bin zu häßlich. Geh allein!"

Tongo blieb den Tag über auf dem Markt, handelte nach Kroros erprobter Weise und erzielte für die Matten einen guten Preis. Bei seiner Rückkehr übergab er Gift das Geld. Es war mehr, als sie durch nächtelanges Betteln hätten zusammenbringen können. Zum ersten Mal seit Tongos Kommen trat ein

Schein von Freude auf Gifts häßliches Gesicht. Er machte es fast schön.

Monde waren dahingegangen. Die Matten fanden gutzahlende Käufer. Gift hatte sich so an das neue, veränderte Leben gewöhnt, daß er es nicht mehr missen mochte. Wie Tongo arbeitete er am Tage, aß, wenn er Hunger hatte, und schlief des Nachts. Die Sonne scheute er nicht mehr. Er brauchte sie zum Arbeiten. Die fertigen Matten hatten sie an den grauen Wänden aufgehängt. Gift fand, daß sie nicht mehr im Dunkeln wohnten.

„Auch in dir ist es heller geworden", stellte Tongo fest. „Willst du nicht einmal den Spiegel nehmen und hineinschauen?" Damit hielt er ihm einen Spiegelscherben hin, und Gift erblickte unverhofft sein eigenes Angesicht.

„Ich bin nicht mehr so häßlich!" rief er. „Woher kommt das?"

„Weil du kein Gift mehr in dir hast, Bruder. Du solltest dich nun auf deinen ursprünglichen Namen besinnen. Morgen nehme ich dich mit auf den Markt und werde dich lehren, die Matten gut zu verkaufen."

„Tongo, du weißt viel. Ja, ich habe einen anderen Namen als den, den ich dir angab. Ich heiße Legiftun."

Legiftun war auch im Verkauf ein gelehriger Schüler und Tongo wußte, daß er bald von ihm scheiden würde. Als er davon sprach, zuckte Legiftun zusammen. „Du willst mich allein lassen, Herr?" fragte er verstört.

„Du nanntest mich bisher Bruder. Weshalb nennst du mich jetzt Herr?"

„Wie könnte ich in Worte fassen, was mich dazu treibt. Jetzt fühle ich aber, daß du nie meinesgleichen warst."

Da erkannte Tongo, daß er die ihm übertragene Aufgabe gelöst hatte. Das Leuchten seiner Augen übertrug sich auf den ehemaligen Bettler, den Tongo in seine Arme schloß. Diese Umarmung war zugleich das Zeichen des Abschieds.

Prinz Perjadih war auf seinen mondelangen Wanderungen weit herumgekommen. Er hatte Gegenden in ihrer Vielgestalt und Menschen in ihrer unterschiedlichen Lebensführung kennengelernt. Noch mußte er im Armengewand im Volk leben. Seine Prüfungszeit war noch nicht beendet.

Mit dem letzten Abendlicht erreichte er eines Tages nach anstrengender Wanderung eine große Stadt, deren Bauten von Wohlhabenheit zeugten. Er setzte sich auf die steinerne Einfassung eines Grundstücks und verzehrte, was er in den Taschen hatte. Angenehm empfand er die Kühlung der Nacht. Er fühlte sich im Einklang mit der Natur.

Jäh wurde er aus seinem inneren Frieden herausgerissen. Aus der Dunkelheit der Gebüsche sprang ihn ein Mann an.

„Mach deine Taschen auf! Gib her, was du hast!" Ein zweiter stürzte sich auf den Ahnungslosen und hielt ihn gewaltsam fest. Schon durchsuchten sie sein Gewand.

„Zwei gegen einen, das ist nicht recht, Brüder. Ich bin noch jung an Jahren, ihr seid zwei starke Männer. Schon *einer* von euch könnte mich überwältigen."

„Spare deine Worte! Wo hast du das Geld? Deine Taschen sind leer. Wo ist das Versteck? Sag die Wahrheit, sonst geht es dir schlecht!"

„Seit wann bekommt ein Bettler so viel, daß er einen Teil davon verstecken könnte?"

„Du mußt Geld haben. Du hast bessere Zeiten gehabt. Deine Hände haben kaum Schwielen. Dein Kleid fühlt sich noch glatt an. Deine Sprache verrät dich. Zum letzten Mal: wo ist dein Versteck?"

Es klang drohend.

„Hätte ich ein Versteck, dann würde ich es bewachen und nicht davongehen. Ich bin ein armer Pilger wie ihr, Brüder."

21

„Brüder, sagst du?" Die Gegenfrage klang hämisch. „Ich werde dir helfen, mein Bruder zu sein. Dein Gewand soll nicht besser sein als unseres." Ein Dolch blitzte auf und Perjadihs Kleidung trug einen Schlitz davon.

Perjadih staunte: „Was für einen scharfen Dolch du hast! Aber warum trägst du ihn bei dir? Sein Besitz könnte dir schaden, solltest du einmal vor den Kadi kommen", warnte der Jüngling.

„Worte, nichts als Worte hast du", fuhr der Räuber dazwischen. „Kämpfe! Aber ich merke schon, du bist ein Jammerlappen."

„Warum forderst du zum Kampf? Ich habe nichts, du hast nichts. Wozu die Kräfte messen? Ihr seid in jedem Fall die Sieger."

„Es lohnt nicht, sich mit dir abzugeben, du Feigling!" Der andere Räuber fiel ein: „Du könntest uns trotzdem von Nutzen sein. Komm!" Sie zerrten Perjadih in ihre Mitte und zogen mit ihm los. „Hier wohnen lauter Reiche, die werden wir schröpfen. Du bist größer und schlanker als wir. Für dich ist es nicht schwer, in ein Fenster einzusteigen und dann die Haustür aufzuriegeln."

„Schleicht *einer* in ein fremdes Haus, kann er vorsichtig sein. Bei dreien ist das nicht so sicher. Des Königs Gesetze gelten! Das Verließ wäre euch sicher. Denkt einmal darüber nach! Sucht euch eine passende Arbeit und verdient auf ehrliche Weise euer Brot! Dann könntet ihr euch unter der großen Sonne sehen lassen und brauchtet nicht die Nacht abzuwarten, um auf Raub auszugehen."

„Halt endlich dein loses Maul! Sei froh, daß wir dich gnädig behandeln. Wir können auch anders." Dabei ergriffen sie Perjadihs Arm, drehten ihn schmerzhaft auf den Rücken und versetzten ihm einen Tritt.

Die Gruppe hatte sich nun einem stattlichen Haus genähert und ein Fenster entdeckt, das zum Einsteigen geeignet war.

„Das kannst du gut erreichen. Los, vorwärts", flüsterte es drängend an Perjadihs Ohr.

Seine Lage war kritisch. Er war in der Gewalt der Räuber. Er war außerstande, sich selbst zu helfen. Er rief innerlich Gott um Schutz an. Schon nahte Hilfe. Ein Gefährt trottete langsam die Straße entlang. Unwillig zogen die Räuber Perjadih in die Tiefe des Schattens, bis die Gefahr vorüber war.

„Los! Mach schnell!" forderte der Anführer und stieß Perjadih wieder ans Fenster. Da löste sich ein Stein unter seinem Tritt und verursachte ein Geräusch. Obwohl es geringfügig war, flammte im Haus sofort Licht auf.

„Verflucht noch mal! Das hat uns gerade noch gefehlt", entfuhr es einem der Räuber. Das Fenster wurde geöffnet und eine drohende Männerstimme rief: „Ist da jemand?" Eine Lampe wurde geschwenkt und dann wieder ins Innere des Hauses zurückgenommen.

Eine Zeitlang standen die zwei Männer abwartend. Dann nahmen sie Perjadih geräuschlos wieder in ihre Mitte und zogen weiter. Die Nacht war vollends hereingebrochen. Nur noch in wenigen Häusern brannte Licht.

„Dein Gewand ist besser als unseres. Sie könnten dich für einen Pilger halten", sagte der Anführer. „Verlange Einlaß und halte deinen Napf hin. Im passenden Augenblick sind wir zur Stelle und stürzen ins Haus. Wir wissen schon, wo was zu holen ist."

„Bruder, du weißt, daß der Pilger nur am Tage seinen Reis erbitten darf. Jetzt ist es Nacht."

„Du mußt immer widersprechen. Laß die Worte! Zeige, daß du zu uns gehörst! Klopf an die Tür, verlange Geld! Solltest du uns verraten, kennen wir keine Gnade."

Der Dolch fuhr Perjadih an die Kehle. Ihm blieb nichts anderes übrig, als den Räubern zu Willen zu sein. Mit dem Klopfer schlug der Jüngling an die Haustür. Es ergab einen dumpfen Laut. Angespannt verharrten die drei Männer. Es blieb still. Niemand öffnete. Mit weitausschwingenden Gesten gaben sie Perjadih zu verstehen, er solle noch einmal klopfen. Bevor es jedoch dazu kam, hob aufgescheucht im Geäst des hohen Baumes ein großer Nachtvogel ab und kreiste laut flügelschlagend über den Köpfen der Räuber.

„Der Totenvogel! Der Totenvogel!" schrien sie voller Entsetzen und jagten davon, den Klauen des Raubvogels zu entgehen.

Perjadih war zurückgeblieben. Die Lage hatte sich für ihn entschärft. Aufrecht schaute er dem Nachtvogel zu, der seinen Nistplatz erneut anflog.

Er überdachte die neuen Prüfungen. Bei der Begegnung mit dem Bösen hatte sein eigenes Können nicht gereicht. Er hatte die Kräfte der Gottheit in Anspruch nehmen müssen, um aus der Gewalt der Räuber zu kommen. Auch ein Prinz bedurfte wohl der Hilfe des Höchsten. In der Erhabenheit der Nacht erhob Perjadih seine Hände gen Himmel, um für die Errettung zu danken. Dann suchte er einen geeigneten Schlafplatz und schlief in Frieden ein.

 Beim Erwachen drängte es ihn, das stattliche Haus ausfindig zu machen, in das die Räuber hatten einbrechen wollen. Er wollte bei Tage das Fenster sehen, aus dem – ihm zum Heil – eine Lampe geschwenkt worden war.

Auf seinen Wanderungen hatte er sich zu orientieren gelernt, so stand er bald vor dem gesuchten Haus. Es war ein auffallendes Gebäude, reich verziert. Wer mochte darin wohnen? Ein reicher Handelsherr? Ein Edler des Volkes?

Weitergehend genoß Perjadih die Schönheit und die Stille des Morgens. Er näherte sich einem Tempel, dessen Stufen ihm geeignet erschienen, sich hinzusetzen und die Gedanken zu sammeln. So saß er lange Zeit.

Als sich Schritte näherten, sah er auf. Ein junges Mädchen, schön anzusehen und gut gekleidet, stand vor ihm. Es hielt Perjadih für einen Bettler und suchte nach einer Münze, die es ihm im Vorübergehen zuwerfen wollte. Aber in ihrem Inneren regte sich eine Stimme: „Gib ihm die Münze nicht! Gib ihm deinen Stolz!"

Verwirrt hielt sie inne. Und die Leuchtkraft seiner Augen traf sie. Sie vergaß das Weitergehen. Wie paßte solcher Glanz in die Augen eines Bettlers? Oder war es ein frommer Pilger, der ausruhte, bevor er den Tempel betrat? Sie wollte mehr von ihm wissen und fragte: „Was tust du hier?"

„Ich warte."

„Worauf?"

„Auf mein Schicksal."

„Eine merkwürdige Antwort. Wir warten alle auf unser Schicksal. Aber mußt du deswegen tatenlos hier sitzen?"

„Jeder wartet auf seine Weise. Während ich hier ausruhe, sende ich meine Gedanken aus."

„Wohin?"

„Zu dir. Deshalb bliebst du stehen."

„Dein leuchtender Blick zog mich an. Ich pflegte an einem Bettler, wenn ich ihm eine Münze zugeworfen habe, vorüberzugehen. Aber bei dir verhalte ich mich anders. Etwas hemmte meinen Schritt."

„Auch du bist anders als andere. Jedem ist sein Schicksal bestimmt. Es folgt aus unserem Denken und aus unserem Handeln. Jeder gestaltet sein Geschick selbst aus dem Reichtum seines Inneren. Innerer Reichtum ist mehr als äußeres Gepräge."

„So kommt das Leuchten deiner Augen vom Grunde deines Herzens und aus der Klarheit deines Denkens."

Beide schwiegen. Sie schwiegen lange.

„Setz dich zu mir auf die Stufen", sagte schließlich Perjadih und machte eine einladende Geste.

Das Mädchen zögerte, betrachtete ihr kostbares Kleid, raffte es schließlich ein wenig zusammen und nahm neben Perjadih Platz, blieb aber schweigsam.

„Du scheinst bedrückt zu sein. Was bedrückt dich?"

„Du bringst Verständnis für mich auf? Du hast recht vermutet. Ein Traum ist's, der mir zu schaffen macht, höre: ‚Ich befand mich in einem herrlichen Garten mit hohen Palmen und wunderbaren Blumen, und ich lauschte dem Jubelgesang der Vögel.

Unaussprechliches Glück durchflutete mich. Plötzlich erstand eine Mauer vor mir und versperrte den Weg. Sie war niedrig, so daß ich über sie hinwegsehen konnte. Jenseits, etliche Fuß unter mir, lag eine Wiese, auf der unscheinbare Blumen blühten. Da tat sich eine Lücke in der Mauer auf und ich meinte, hindurchgehen zu sollen. Ich erwog, daß mit dem Schritt in die Tiefe mein kostbares Kleid Schaden nehmen könnte. So verharrte ich ablehnend und folgte der inneren Aufforderung nicht. Die Lücke blieb offen.' Ich erwachte. Doch der Traum läßt mich nicht los. Er muß eine Bedeutung haben, aber welche? Ich muß jemanden finden, der mir weiterhelfen kann."

Perjadih nahm ihren Gedankengang auf. „Die Welt der Träume gehört zu uns wie unser zweites Ich. Was der Verstand nicht erklügelt, legt uns der Traum nahe. Dessen Deutung muß jeder selbst finden."

Ratlos sah sie ihn an: „Ich kann es nicht."

„Du hast soeben selbst die Lösung gefunden. Denke mit mir nach. Du wolltest deines kostbaren Gewandes wegen nicht den Schritt in die Tiefe wagen. Das Kleid steht stellvertretend für deine hohe Herkunft. Die Wiese stellt die Schicht der Menschen dar, die niedriger eingestuft werden. Im Traum bist du nicht durch die Lücke in der Mauer getreten. Dein Stolz ließ es nicht zu. Aber jetzt hast du diesen Schritt getan. Du hast dich niedergelassen neben einem, der das Gewand der Armen trägt. Du hast die Wiese betreten, und die unscheinbaren Blumen haben eine große Wirkung auf dich. Du hast das Gebot des Traumes erfüllt. Freue dich!"

Gebannt hatte sie gelauscht. Sie schwieg, und Perjadih ehrte ihr Schweigen.

Leise sagte sie: „Mein Traum, deine Deutung, dein leuchtender Blick – alles ist so unwirklich."

„Ja. Aber indem du eine Stufe hinuntergestiegen bist, bist du geistig eine Stufe höher gestiegen. Du bist reifer geworden. Jeder Mensch wandelt sich. Er hat die Möglichkeit, sich zu entscheiden, ob er dem Guten oder dem Bösen zugewandt sein will." Wieder traf sie sein leuchtender Blick.

„Der Glanz deiner Augen spricht für dein Wesen." Sie suchte in ihrer Erinnerung und wurde plötzlich lebhaft. „Ich muß dir erzählen, was mir eben eingefallen ist. Es handelt sich um leuchtende Augen, wie du sie hast. Ich hatte das Glück, meinen Vater auf einer Reise nach Marjadin zu begleiten. Auf dem dortigen Markt sah ich einen Händler, der Matten in großer Auswahl feilbot. Es waren keine Matten, wie man sie überall findet. Es waren Matten, die in ihrer Art und in ihrem Farbenmuster das Geheimnis der Schönheit in sich trugen. Ich kaufte zwei. Du weißt, daß der Handel lange dauert und bis ins Persönliche geht. So erfuhr ich, daß der Händler einen Lehrer hatte, der ihm diese Flechtkunst beigebracht hatte. Ob dieser ein Künstler war, wußte er nicht, auch den Namen nicht. Er wußte nur, daß er leuchtende Augen hatte."

Perjadih hörte überrascht zu, schwieg aber.

Das Mädchen berichtete noch ein anderes Erlebnis. „Ich glaube, ich bin doch schon einmal sinnbildlich durch die Lücke getreten. Das war in Mirlantan, wo ich an einem Neubau stehengeblieben war und einem Arbeiter zusah. Bei der schweren Arbeit des Zurichtens von Steinen war ihm der Schweiß auf die Stirn und Staub in die Augen gekommen. Trotzdem wirkte er heiter und arbeitete sorgfältig und ausdauernd. Dann legte er sein Arbeitszeug beiseite und sprach mich ungefragt an. ‚Du bemitleidest mich wohl, weil ich arbeiten muß? Ich bin stolz darauf, etwas Nützliches zu schaffen. Beim Hausbau ist man auf mich angewiesen.'

Ich entgegnete: ‚Wenn man etwas tut, ist das immer nützlich.' Aber er hatte diese Meinung nicht. Er erzählte mir, daß er einst ein gieriger Goldgräber gewesen sei und fast selbst sein eigenes Grab gegraben hätte. Ein Fremder habe ihn davor bewahrt. Ihm sei er Dank schuldig. Seinen Namen kenne er nicht, aber dessen leuchtende Augen erwähnte er."

Perjadih schwieg überrascht. Das Mädchen wandte sich ihm erwartungsvoll zu. „Du bist mir auch ein Fremder und hast so leuchtende Augen. Wer bist du?"

„Sollten wir nicht alle einen leuchtenden Blick und ein freundliches Wort für unsere Mitmenschen haben und ihnen helfen, wenn es uns möglich ist?"

„Du hast mir nicht geantwortet. Ich fragte dich: Wer bist du?"

„Ist nicht jeder Mensch ein Geheimnis? Ich für dich, du für mich? Dabei wollen wir es belassen."

Seine Antwort betrübte sie. Perjadih bot ihr seine Hand, sie legte die ihre hinein und er begann zu erzählen: „Du hast mir von deinen zurückliegenden Erlebnissen berichtet. Willst du mir weiterhin deine Zeit widmen, so will ich dir von einer Begebenheit berichten, die mir erst gestern geschah. Ich wurde von zwei Räubern überfallen, die mir mit dem Dolch das Gewand aufschlitzten. Da, schau her! Sie wollten mich zu ihrem Helfershelfer machen. Ich sollte in das Fenster eines prächtigen Hauses einsteigen und damit den Räubern Vorschub leisten. Sie drängten mich schweigend aber gewaltsam ans Fenster. Ich flehte in meiner Not Gott an und Hilfe geschah. Ein Licht flammte im Haus auf und eine Männerstimme fragte drohend: ‚He! Ist da jemand?'"

Das Mädchen sprang in die Höhe. „Das warst du?"

Auch Perjadih war erregt. „Was weißt du davon? Erzähle!"

„Mein Vater läßt jenen Palast durch einen Tongo bewachen. Dieser Wächter gab uns Kunde vom nächtlichen Vorkommnis. Er hatte sofort die Lampe angezündet und laut gefragt: ‚He! Ist da jemand?'"

Perjadihs Gelassenheit war dahin. „Wer ist dein Vater?"

„Kibi Dugati."

„Gibt es denn solche Schicksalsbegegnungen? Kibi Dugati gehört zu den Ratgebern des Königs!" rief Perjadih ungestüm.

„Ich weiß es. Ich bin Irdulith, seine Tochter."

„Ich bin Perjadih, Prinz Perjadih."

„Mein Staunen nimmt kein Ende. Du bist Prinz Perjadih? Und ich sitze neben dir?"

„Wir sitzen auf der gleichen Stufe, auf einer Stufe zum Tempel, und beide sind wir vom Morgenglanz der Sonne umflossen. Das ist zukunftweisend für uns beide."

Ihre Blicke lagen ineinander.

Von neuem begann Perjadih: „Du weißt von dem alten Brauch, nach dem der Prinz mondelang im Gewand der Armen unterwegs sein muß. Er muß neue Erkenntnisse erwerben und schwierige Aufgaben lösen. Irdulith, du hast recht vermutet: Ich war dem Goldgräber und dem Mattenverkäufer der Helfer mit den leuchtenden Augen."

„Und was warst du den Räubern?"

„Vielleicht ein Sämann, der guten Samen ausgestreut hat. Denn ich riet ihnen, das Räuberhandwerk aufzugeben und eine geeignete Arbeit aufzunehmen. Sie sollten den Dolch nicht länger bei sich tragen. – Wie mögen sie sich ihr Schicksal gestalten? Denn auch sie sind für ihr Geschick mitverantwortlich."

Irdulith nickte zustimmend.

„Die Kraft der Sonne wird zu stark. Komm, Irdulith, wir wollen den Schatten aufsuchen."

Irdulith kannte einen Weg mit Schatten spendenden Bäumen, den sie nehmen konnten. Nach langem Schweigen begann Perjadih erneut: „Vielen der Armen habe ich als Tongo gedient, mit kleinerem oder größerem Einsatz, wie es sich ergab. Ich bin dem Bösen begegnet, das im Menschen liegt. Jetzt bin ich dir begegnet als einem Geschenk des Höchsten. Durch dich und durch deine Begegnungen mit dem Mattenverkäufer und dem Steinhauer und unserem beiderseitigen Erlebnis mit den Räubern sehe ich, daß die Zeit meiner Prüfungen beendet ist. Der Kreis hat sich geschlossen."

Im Staub der Straße fesselte in diesem Moment etwas seine Aufmerksamkeit. Er hob den Gegenstand auf und nahm ihn an sich. Es war ein Dolch, *der* Dolch, der sein Gewand geschlitzt und seine Kehle berührt hatte.

Als das junge Paar an einem Brunnen vorüberkam, versenkte Perjadih den Dolch in die Tiefe des Brunnens. „Das Böse soll untergehen", sprach er ernst. „Das war das letzte Glied in der Kette. Ich werde – noch im Gewand der Armen – zum Palast meines Vaters zurückkehren."

„Und ich werde im Palast meines Vaters auf dich warten, Prinz Perjadih."

Er drückte ihre Hand und schaute sie entzückt an: „Irdulith, jetzt ist das Leuchten auch in deinen Augen. Du hast die Prüfung bestanden, denke an deinen Traum!"

„Das beglückt mich", sagte sie, während ihr das Blut in die Wangen stieg und sie noch schöner machte.